ILLUSTRATEUR EN GRÈVE!

PAS D'IMAGES SUR CES PAGES

la grève des moutons

Jean-François Dumont

Pour Florence
et tous ceux qui marchent
entre République, Bastille et Nation.
J.-F. D.

Père Castor ■ Flammarion

ISBN : 978-2-0812-2098-0 – N°édition : L.01EJDN000363.N001
Dépôt légal : septembre 2009

Aujourd'hui à la ferme, c'est la révolution.
Tout le monde est au courant,
les moutons se sont mis **en grève**.

C'est Ernest qui a lancé l'idée. Il monte sur l'abreuvoir et prend la parole :
– Pourquoi ce sont toujours les mêmes qui sont tondus ?
Et pourquoi on ne fait pas des pulls en poil de chat, des chaussettes en duvet de canard, des caleçons en crin de cheval ou d'âne ?
Le troupeau tout entier hoche du museau.
Encouragé, Ernest reprend de plus belle :
– Et qui a froid quand octobre arrive, et que le pré se couvre de gel au petit matin ?
Les agneaux se regardent. Le moins timide lance :
– Euh… nous ?
– Qui du coup se met à tousser et à renifler ?
– Nous !
– Et qui doit avaler des médicaments dégoûtants et supporter les piqûres du vétérinaire pour guérir ?
– Nous !

– Et tout ça pour quoi ?
Pour brouter de l'herbe rase et boire de l'eau glacée !
– C'est vrai ! hurlent les moutons.
– Mais c'est fini, on ne sera pas des vaches à lait !
Refusons d'être tondus !
Que ceux qui sont d'accord lèvent la patte !

Comme un seul mouton, tous lèvent la patte.
C'est ainsi que la grève a commencé.

Depuis ce jour, les moutons campent sur leur pré, refusant de bouger.
Raf, le chien de berger, n'y comprend rien.

Il a bien essayé de se faire obéir, au début, en donnant un coup de dent à une brebis, mais le troupeau a failli le piétiner et l'a poursuivi en hurlant aux violences policières ! Depuis, il reste dans sa niche et refuse de discuter avec les délégués du troupeau.

À la ferme, les avis sont partagés. Il y a ceux qui, comme Igor le jars,
pensent que les moutons sont faits pour être tondus, c'est la tradition, c'est très bien comme ça.
Zita, la petite oie, se montre plus compréhensive.
– C'est vrai qu'ils doivent êtres gelés sans leur laine épaisse, dit-elle, ça doit faire un sacré chaud et froid.
Monsieur Brun fait la moue.
– Moi, je ne pourrais pas supporter ces poils sur le dos, ça doit gratter la couenne.
– Mais pas du tout, monsieur le cochon ! intervient Edgar le rat.
C'est très confortable, au contraire ! Et très chaud !
Dans un grand brouhaha, tout le monde se mêle de la conversation,
donnant son avis sur le confort de la laine de mouton.
Heureusement la nuit tombe et la ferme retrouve son calme.

Le lendemain, une grande manifestation est prévue
sur le trajet « Ferme du Bout du Pré-Mare aux Oies ».
Les moutons s'activent pour trouver des slogans,
organiser l'ordre de passage et limiter les débordements.
Les autres observent ces préparatifs.
Certains poussins ont déjà prévu de se joindre au cortège en signe de soutien,
le coq a menacé de les renvoyer en couveuse
et les poules continuent de picorer en caquetant :
– Ça va mal finir, cette histoire, ça va mal finir…

Alertés par Raf, les chiens des fermes voisines se sont réunis autour de la niche.
– Ces moutons sont devenus enragés. Ils ont failli m'aplatir !
– Si les autres troupeaux apprennent cette histoire, on risque la grève générale, et alors…

Un chien roux baisse les oreilles, pousse un petit jappement et ajoute :
– Alors, on va perdre notre travail…

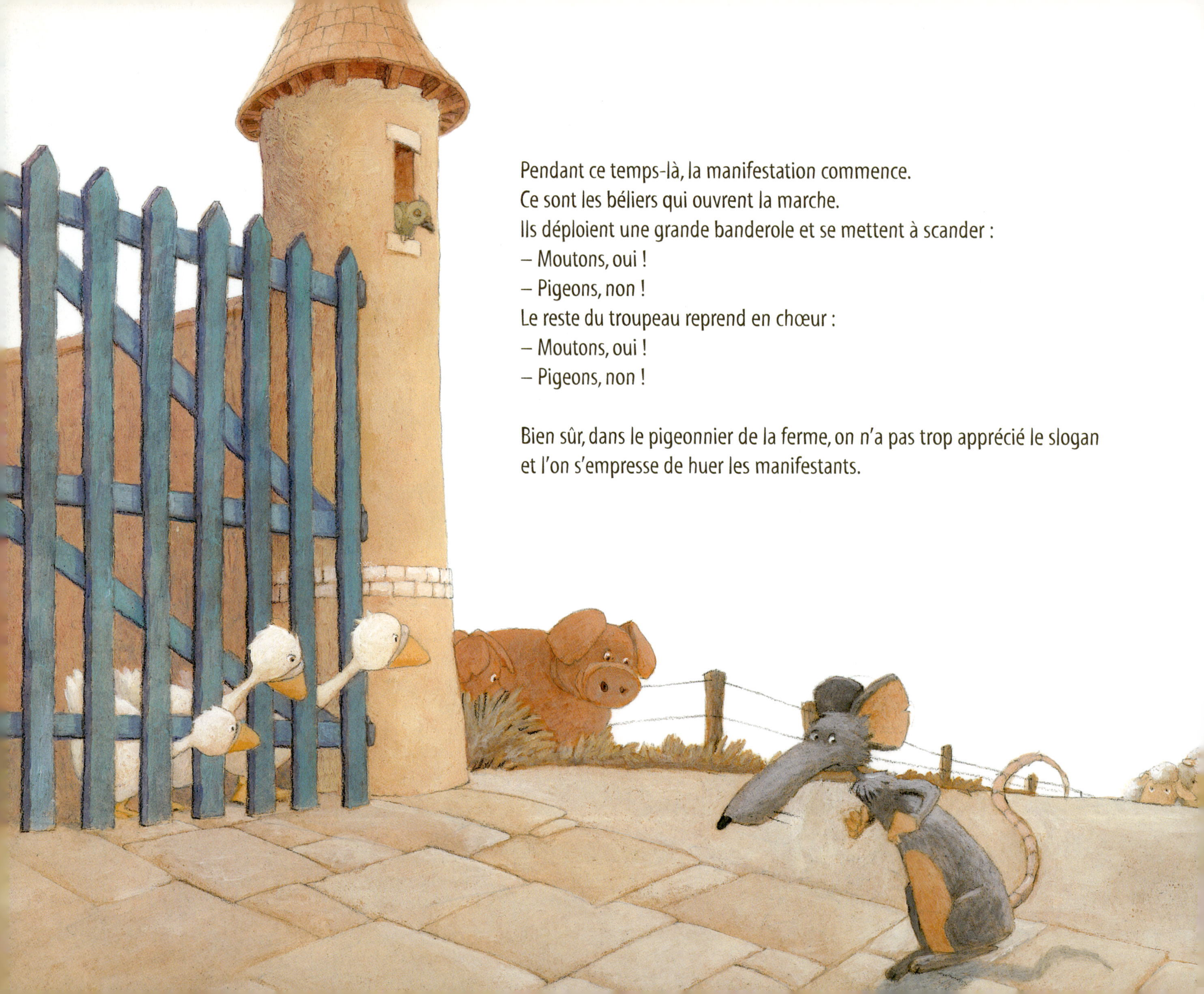

Pendant ce temps-là, la manifestation commence.
Ce sont les béliers qui ouvrent la marche.
Ils déploient une grande banderole et se mettent à scander :
– Moutons, oui !
– Pigeons, non !
Le reste du troupeau reprend en chœur :
– Moutons, oui !
– Pigeons, non !

Bien sûr, dans le pigeonnier de la ferme, on n'a pas trop apprécié le slogan et l'on s'empresse de huer les manifestants.

NON À L'EXPLOITATION!
TOUS EN GRÈVE!
NON
TOUS ENSEMBLE
ASSEZ

Les moutons ignorent les sifflets et continuent de plus belle.
Solidaires, certains animaux leur emboîtent le pas.
D'autres prennent le parti des pigeons, quelques gros mots volent.
Au pas de course, le cortège contourne le poulailler et…
les chiens sont là, bien décidés à faire rentrer tout le monde
à la bergerie !

Le lendemain, la ferme est sens dessus dessous.
Pendant que les poulets comptent les plumes
qu'ils ont laissées dans la mêlée, les poules caquettent :
– On avait bien dit qu'elle allait mal finir, cette histoire…

Soignant ses plaies et ses bosses, personne ne se sent très fier :
de mémoire d'animal, on n'a jamais vu une bagarre générale à la ferme !
Zita réfléchit tout haut :
– Il doit bien y avoir un moyen de satisfaire le troupeau, après tout.
– Mais, sans la laine des moutons, gémit l'âne, la ferme court à la faillite !
Une grosse poule noire secoue sa crête :
– Après tout, nous donnons bien nos œufs tous les matins.
– Pas tous, heureusement, pas tous ! s'égosille un petit poussin.
Rosalie sursaute :
– La voilà, la solution !
Les animaux s'approchent, curieux, et la fille des cochons Roses explique son idée.
– Avec une partie de la laine, on pourrait peut-être…

Aujourd'hui, c'est la tonte des moutons et curieusement,
ils n'ont pas l'air si mécontents.
Sous l'œil attentif de Raf, ils rentrent à tour de rôle dans la bergerie
et ressortent quelques minutes plus tard sans leur épaisse couche de laine.
Bientôt, le troupeau tout entier a perdu sa fourrure !

À la tombée de la nuit, une activité inhabituelle règne dans la ferme.
Chacun s'active, les allées et venues se succèdent
et d'étranges cliquetis montent du poulailler, des clapiers ou de l'écurie.

Au petit matin, le coq, épuisé par sa nuit blanche, trouve encore la force de chanter.
Le jour se lève et tout le monde découvre enfin la nouvelle tenue à la mode
chez les moutons…

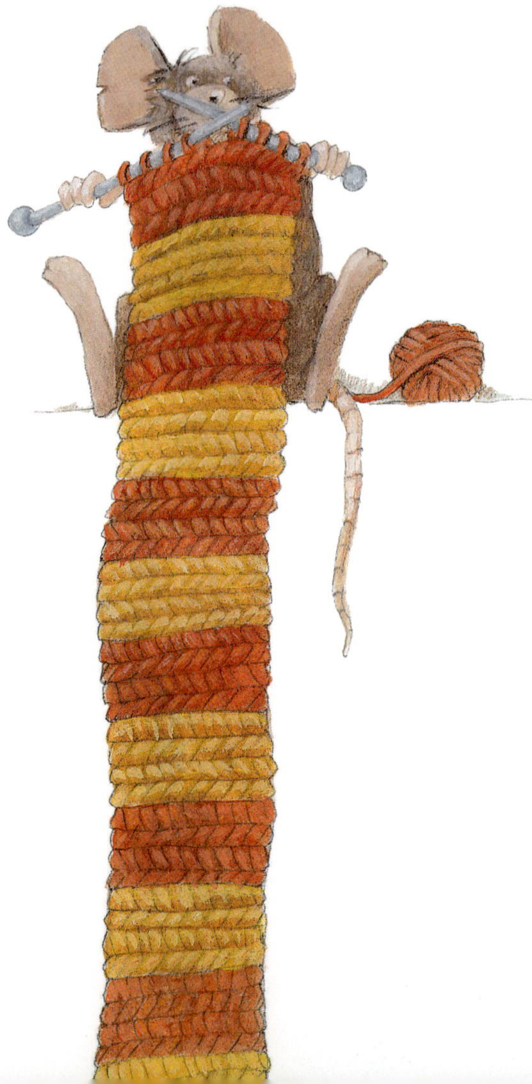

Flammarion – 87 quai Panhard-et-Levassor – 75647 Paris Cedex 13
www.editions.flammarion.com
Imprimé par Pollina – août 2009- n° L51167
Loi n°49-956 du 16 juillet 1949 sur les publications destinées à la jeunesse